세 발로
하는
산책

세 발로
하는
산책

문소리·류영화 글
강숙 그림

마음산책

세 발로 하는 산책

1판 1쇄 인쇄 2021년 9월 10일
1판 1쇄 발행 2021년 9월 15일

지은이 | 문소리·류영화
그린이 | 강숙
펴낸이 | 정은숙
펴낸곳 | 마음산책

편집 | 권한라·성혜현·김수경·이복규   디자인 | 최정윤·오세라
마케팅 | 권혁준·권지원·김은비   경영지원 | 박지혜

등록 | 2000년 7월 28일(제13-653호)
주소 | (우 04043) 서울시 마포구 잔다리로 3안길 20(서교동 395-114)
전화 | 대표 362-1452 편집 362-1451   팩스 | 362-1455
홈페이지 | www.maumsan.com
블로그 | blog.naver.com/maumsanchaek
트위터 | twitter.com/maumsanchaek
페이스북 | facebook.com/maumsan
인스타그램 | instagram.com/maumsanchaek
전자우편 | maum@maumsan.com

ISBN 978-89-6090-690-7 03810

* 책값은 뒤표지에 있습니다.

"그래, 달마. 잘하고 있어!"

어려서부터 무척 부끄럼이 많았습니다. 부모님 앞에서도 춤 추고 노래하는 그 흔한 재롱을 피워본 적이 거의 없을 만큼 부 끄럼을 많이 탔습니다. 그런 부끄럼쟁이가 배우가 되다니 가 족들은 무척 놀라워했습니다. 배우가 되고 나서도 작품 속 캐 릭터로는 무엇이든 할 수 있었지만, 인간 문소리의 모습을 보 여주는 건 마음이 많이 힘들 정도로 내키지 않았습니다. 오랫 동안 그런 부끄럼이 저를 힘들게 했습니다. 그렇게 배우를 해 온 지 이십 년이 넘었습니다.

작품 속 캐릭터와 인간 문소리의 구분, 돌이켜보면 참 부질 없는 짓이었다는 생각도 듭니다. 무언가에 저항하는 마음, 또 지키고자 애쓰는 마음, 그런 마음들 때문이었겠지요. 그러나 이제는 더 이상 그렇게 분명히 경계 지으려 노력하지 않습니다. 작품 속 인물들도 다 나의 일부이고 나도 여러 인물일 수 있기에, 그리고 누구도 스스로를 다 알 수 없고 다른 사람도 다 알 수 없기에, 그저 많이 열어두고 많이 받아들이며 서로 좋은 영향을 주고받기를 바랄 뿐입니다.

『세 발로 하는 산책』을 쓰고 보니 무엇보다 제 가족의 이야기여서 또 부끄러운 마음이 들었습니다. 하지만 조금 더 열어 보자, 조금 더 용기내보자, 이 이야기를 먼저 꺼내어보자 마음을 다졌습니다. 당신과 나 사이에 이 이야기가 있다면 우린 더 많은 이야기를 나눌 수 있을지도 모르니까요. 당신과 나 사이에 이 이야기가 있다면 우린 더 아름다운 생각을 나눌 수 있을지도 모르니까요.

첫 시작은 우리 집 수영이, 연두를 위한 그림동화 〈달마 이야기〉였습니다. 여러 해 전, 아이들이 유치원 다닐 즈음 연두의 숙모이자 유치원 교사인 수영 엄마는 반으로 접은 A4 종이를 여러 장 붙이더니 거기에 그림을 그리고 글을 썼습니다. 그렇게 달마가 세 다리를 갖게 된 이야기를 집에서 책으로 만들어 아이들에게 종종 읽어주었습니다.

또 여러 해가 지나 수영이, 연두는 이제 열두 살, 열한 살이 되었습니다. 수영이 고모이자 연두 엄마인 저는 옛날 그 달마 이야기에 달마의 노년까지 그려내 어른들을 위한 이야기로 다시 써보았습니다. 그리고 저의 친구이자 콘티 작가 강숙은 저희 집을 자주 찾아와 연두, 수영이도 만나고 달마, 보리도 만나고 그때마다 그림을 그렸습니다. 그렇게 『세 발로 하는 산책』은 만들어졌습니다. 그리고 우리 집에만 있던 이 이야기를 세상에 내놓아보자고 마음산책은 따뜻하게 말 걸어주었습니다.

함께여서 참 좋았습니다. 그리고 함께해주셔서 정말로 고맙습니다.

2021년 가을
문소리

차례

저희 집 개 두 마리를 소개합니다.

이름은 달마, 하얀 진돗개. 2006년 6월 2일에 태어났습니다.
이름은 보리, 하얀 진돗개. 달마와 생일도 같고
엄마 아빠도 같습니다.
일곱 남매 중 하나로 태어난 달마와 막둥이 보리,
오빠와 여동생입니다.

둘은 비슷하게 생겼지만 꽤 다릅니다.

우선 달마는 수컷, 보리는 암컷이고요.

달마는 등 쪽 털이 조금 노릇노릇하고,

보리는 그보다 더 새하얀 털을 갖고 있습니다.

달마가 보리보다 체격은 좀 더 큰데 다리는 하나 적습니다.

달마는 다리가 세 개, 보리는 네 개입니다.

우리 집 아이들 수영이, 연두가 어렸을 때
아이들은 종종 물었습니다.
오징어는 다리가 열 개, 문어는 여덟 개, 개미는 여섯 개,
개는 네 개, 사람은 두 개, 돈벌레는 서른 개.
그런데 왜 달마는 다리가 세 개냐고 묻곤 했습니다.

유치원 선생님인 수영 엄마는
달마가 세 개의 다리를 갖게 된 지난 시간들을
그림동화로 만들어 아이들에게 읽어주었고,
아이들은 때론 눈물을 글썽거리며 그 이야기를 들었습니다.
그리고 틈만 나면 또 달마 이야기를 들려달라고
졸라대기도 했습니다.

이 이야기는 달마의 십오 년 견생 기록이자

서투른 반려인간의 부끄러운 고백이자

달마와 함께한 우리 가족의 일기이기도 합니다.

달이네 식구들 소개

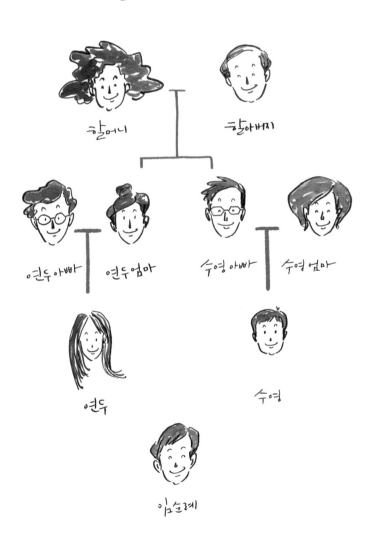

할머니　　　　　　　할아버지

연두아빠　　연두엄마　　　수영아빠　　수영엄마

연두　　　　　　　　　수영

임순례

할머니

사람에게도 개에게도 나무에게도, 모두에게 활짝 마음이 열려 있는 진정한 오픈 마인드의 소유자. 남편, 아들, 딸, 사위, 며느리, 손자, 손녀 그리고 개들까지 지극정성으로 건강식을 챙겨 먹이느라 늘 분주함.

할아버지

한때 개를 무척 싫어했고, 심지어 개를 안고 다니는 사람들을 혐오했음. 달마랑 옆집 진돗개 삼돌이의 싸움을 말리다가 삼돌이한테 다리를 심하게 물리는 큰 사고를 당한 적도 있음. 그러나 지금은 수영이네 강아지 수안이와 한방에서 잘 만큼 개와 많이 가까워짐. 연두 엄마, 연두 아빠가 바쁠 때 달마, 보리의 산책을 책임지고 있음.

연두엄마

태어나서 삼십 몇 년간 개를 한 번도 키워본 적도 없으면서 마당이 있는 집으로 이사 가자마자 용감하게 덜컥 개를 데리고 옴. 그것도 두 마리, 심지어 대형견.

연두아빠

결혼 전 이십 년 가까이 혼자 살다가 결혼하고 갑자기 왕할머니,

장인, 장모, 달마, 보리 그리고 아내까지 있는 대가족 생활에 적잖이 당황. 열심히 적응해보려 애쓰던 중 새 식구를 아직 받아들이지 못한 달마, 보리한테 몇 번 무시당하고 마음의 상처를 좀 입었음. 지금은 상처를 다 극복하고 달마, 보리와 무척 친하게 지냄.

연두

세상 모든 동물을 다 사랑함. 쥐랑 뱀까지도 사랑함. 여섯 살 때 할머니가 끈끈이로 온실에 있는 쥐를 잡았는데 그걸 보고 대성통곡. 왜 쥐를 죽이냐며 쥐를 키우면 된다고, 예쁜 쥐와 같이 살게 해달라고 강력히 주장함. 아기 때부터 본인보다 다섯 살 많은 달마, 보리를 오빠, 언니라 부르며 쫓아다니다가 몸무게가 달마, 보리랑 비슷해진 무렵부터 오빠, 언니는 슬그머니 들어가고 달마! 보리! 나름 무게 잡고 불러대며 말 까기 시작.

수여

사람이든 동물이든 늘 백만 불짜리 미소로 대함. 관찰력이 뛰어나서 친구나 동생이, 또는 동물이 도움을 필요로 할 때면 늘 제일 먼저 다가가 도와줌. 옆집 아저씨가 맡아달라고 부탁한 래브라도 리트리버 콩이와 일 년 정도 지낸 적이 있음. 지금은 동물권행동 카라에서 입양한 수안이를 누구보다 잘 보살펴주고 있음.

수영 엄마

특히 아이들과 동물들, 약자에게 매우 매우 친절함. 결혼하고 십년 넘게 늘 시댁 가까이 살았고, 그래서 달마, 보리가 처음 집에 온 순간부터 많은 시간을 함께함. 지금은 입양한 강아지 수안이가 너무너무 예뻐서 잘 때도 한 침대에서 잤으면, 하는데 남편이 수안이 털이 너무 많이 빠져 안 된다고 반대. 그래서 꾹 참고 있는 중.

수영 아빠

매우 따뜻한 마음을 지녔으나 사람에게나 동물에게나 친절하고 상냥한 표현에 굉장히 서툼. 특히 동물에 전혀 관심이 없어 보였는데 어느 날 갑자기 강아지를 입양하자고 제안해 식구들을 놀라게 함. 겉으로 하는 표현과는 다르게 달마, 보리 그리고 입양한 수안이를 무척 사랑함.

임순례

달마, 보리의 대모. 동물권행동 카라 전 대표. 개를 엄청나게 사랑해서 영화 촬영 때문에 지방에 가게 되면 그 동네 개들을 다 살피고 매일같이 물 주고 밥 준 후 촬영장에 오심. 연두 엄마는 달마, 보리에게 무슨 일이 생길 때마다 감독님께 전화를 걸어 상담함.

달마의 고향은 전라남도 장성군에 있는 백양사입니다.

백양사는 봄이면 벚꽃이, 가을이면 단풍이 멋진 매우 큰 절인데요.

연두 엄마의 지인이 백양사의 지선 스님과 인연이 있어

연두 엄마는 종종 지인을 따라 백양사를 가곤 했습니다.

그리고 백양사에 가면 늘 여러 스님과 함께

늠름해 보이는 하얀 진돗개 덕구를 만날 수 있었습니다.

덕구는 절에 오는 많은 사람들을 늘 반갑게 맞아주고
높은 산 중턱의 작은 암자까지 씩씩하게
손님들을 안내하던 영리한 개였습니다.
체격도 매우 좋았고 가끔 공양간 뒤편에 나와 있는
남은 음식들을 몰래 싹싹 먹어 치우기도 했습니다.
연두 엄마는 그런 덕구를 참 예뻐했습니다.

그러던 어느 날, 그 덕구가 강아지를 일곱 마리나
낳았다는 소식이 들려 왔습니다.
연두 엄마는 깜짝 놀랐죠.
그때까지도 연두 엄마는 덕구가 수놈인 줄 알고……
체격도 늠름하고 이름도 듬직하고…… 그러해서 흠흠…….
덕구야 미안!

그즈음 연두 엄마네는 도시를 벗어나
너른 마당이 있는 집으로 이사를 했는데
밤이면 동네가 너무 어둡고 근처에 집들도 없어서
조금 무서운 기분이 들었습니다.
할머니, 할아버지는 마당에 개를 키워보는 게
어떻겠냐고 하셨고 연두 엄마는 바로
백양사 덕구 애기들을 떠올렸습니다.

연두 엄마와 할머니, 할아버지는
한 번도 개를 키워본 적이 없었고
특히 할아버지는 개를 무척 싫어하셨습니다.
(할아버지가 개를 무서워했던 건 우리끼리 비밀⋯⋯)

하지만 연두 엄마가 백양사 진돗개 덕구 얘기를 하자,
할아버지는 이렇게 말했습니다.

"진돗개면 뭐…… 괜찮지…… 천연기념물 아닌가?
대한민국 국견이지, 진돗개. 박정희, 전두환
역대 대통령들도 다 키웠잖아, 청와대에서……."

"진돗개가 집 하나는 끝내주게 잘 지킨대요.
충성심이 높아서 제 주인밖에 모르고,
딴 사람은 얼씬도 못 하게 한대요."

"집 안에서 키우는 거 아니고
마당에서 키우면 되니까 뭐……."

연두 엄마는 백양사로 달려갔습니다.
덕구와 일곱 마리 강아지는 뒷마당 한 편,
스님이 만들어주신 집과 너른 울타리가 있는 곳에
행복하게 모여 있었습니다.

"덕구가 절 아래 있는 장엇집 백구를 자주 만나 놀더니, 허허…….
이놈들 엄마 젖을 40일은 먹었으니 아주 건강할 겁니다."

스님은 그중 가장 튼튼하고 잘생긴 강아지 한 마리를
쑥 들어 올려 연두 엄마에게 보여주었습니다.

"보살님, 혹시 집 마당이 넓으세요?"

"네, 이번에 이사를 했는데 마당이 꽤 넓은 집이에요."

"그럼 혹시 이 녀석도 데려가주실 수 있나요?
일곱 마리 중 막둥이인데, 언니 오빠들에게 치여서
엄마 젖도 많이 못 먹고 늘 구석에 쭈그려 있네요."

스님은 두 마리의 강아지를 건네주시며
제일 작은 막둥이 강아지 이름을 보리,
제일 튼튼한 강아지 이름을 달마라고 지어주셨습니다.

보리, 달마라는 이름은 인도에서 태어나
중국으로 건너가 활동하며 깨달음을 얻은 선승,
'보디다르마'에서 따온 것입니다.
인도식으로는 보디다르마, 중국식으로는 보리달마.

"보리달마는 깨달음을 뜻합니다."

스님은 말씀하셨습니다.

전남 장성 백양사에서 평택 연두 엄마 집까지는

두 시간 반이 넘게 걸리는 먼 길이었습니다.

애기 보리와 애기 달마는 처음으로 엄마 덕구 곁을 떠나

작은 종이 상자 안에서 집까지 오는 내내 끙끙거리고,

낑낑거리고, 침을 줄줄 흘리고, 똥 싸고, 쉬 싸고, 토하기까지…….

그런 꼬물이들을 처음 보는 연두 엄마는 어찌할 바를 몰랐습니다.

좀 안아주기라도 했으면 좋았을 텐데

연두 엄마는 그 어린 생명을 안아주기조차 겁이 나서

"괜찮아 괜찮아, 조금만 더 가면 돼…….''

말로만 달래며 안절부절못했습니다.

처음에는 2층 발코니에서 키웠는데

달마, 보리는 정말로 쑥쑥 빨리도 자랐습니다.

그래서 할아버지는 마당 한쪽 매화나무와 단풍나무 사이에

달마, 보리의 멋진 집을 지어주셨고

그때부터 푸른 잔디 마당은

달마, 보리의 놀이터가 되었습니다.

더 쑥쑥 자란 달마, 보리는 마당도 모자라

집 밖으로 나가기 시작했습니다.

개를 처음 키워보는 할머니, 할아버지, 연두 엄마, 연두 아빠는

강아지에게 산책이 얼마나 중요한지 전혀 모른 채

아침이면 달마, 보리가 나갈 수 있도록 대문을 열어주었습니다.

옛날 시골에서는 다 그렇게 키웠다는 얘기만

어디서 누군가에게 듣고 와서는······.

대문을 열어주면 달마, 보리는 총알같이 튀어 나갔습니다.

그렇게 나간 달마와 보리는 한 시간 정도 뒷산과 동네,

논밭을 뛰어다니다가 온 동네에 울려 퍼지는

할아버지의 우렁찬 "달마, 보리 밥 먹자!"

그 소리에 부리나케 집으로 돌아왔습니다.
다행히 당시 주변엔 이웃집들이 거의 없었습니다.
그래서 이제 막 한두 집이 들어서고 있던
동네 주변은 온통 달마, 보리 차지였죠.

달마와 보리는 가끔 쥐도 잡고 뱀도 잡고 새도 잡았습니다.

아침에 현관문을 열면 바로 문 앞에 달마, 보리가 가져다놓은

죽은 쥐, 뱀, 새를 발견하고 식구들은 여러 번 놀랐습니다.

쥐와 새는 피 한 방울 흘리지 않고 상처도 거의 없이

깨끗한 상태로 현관문 앞에 놓여 있었고,

뱀은 정확하게 반토막이 난 채

일자로 죽 이어진 듯 놓여 있었습니다.

달마, 보리는 칭찬을 바라는 듯 보였지만

가족들은 칭찬도 꾸중도 못 하고

늘 놀란 가슴만 쓸어내렸습니다.

연두 엄마는 태어나서 강아지를 키워본 적이 한 번도 없었습니다.

달마와 보리가 인생 첫 반려견이었죠.

솔직히 말해 처음엔 반려견이라기보다

그냥 집을 잘 지키는 경비견이 필요했던 거였지만,

어찌 됐든 강아지를 어떻게 키워야 할지

뭘 가르쳐야 할지 전혀 알지 못했습니다.

그저 가끔 연두 엄마가 아는 사람 중에 가장 개를 사랑하는

동물권행동 카라 대표 임순례 감독님께

종종 전화를 걸어 이것저것 물어보거나

또 할머니, 할아버지가 하자는 대로 따르며 달마, 보리를 키웠습니다.

그러나 달마, 보리는 덩치가 커지고 힘이 더 세질수록

점점 천방지축이 되어갔고

가족들은 그런 달마, 보리를 감당하느라 무척 애를 먹었습니다.

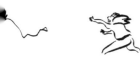

그런데 마침 동네 입구에 조그만 반려견 훈련 센터가 있어서
어느 날 연두 엄마, 연두 아빠는 달마, 보리를 데리고 가보았습니다.
훈련소 소장님은 달마, 보리를 보시더니

"진돗개는 머리는 워낙 좋은데 훈련이 잘 안 되는 편이에요……
사납기도 하고……. 그래도 뭐 이놈들은 사람들한테 무척
상냥한 편인 것 같으니 제가 한번 가르쳐보겠습니다. 흠……."

아니 머리는 좋은데 훈련이 어렵다고?
머리가 좋으면 교육이 잘되지 않을까?
연두 엄마는 소장님이 왜 그런 말을 하는지 궁금했습니다.
그래서 연두 엄마는 인터넷과 책을 뒤지며
진돗개에 대해 알아보았습니다.
찾아보니 진돗개는 다른 품종견들과는 조금 다른 면이 있었습니다.

품종견은 교배와 번식에 인간이 개입하여,

즉 개의 내적·외적 특성들을 유전적으로 고정시키기 위해

인위적 선택번식Selective Breeding을 오랜 시간 거쳐

만들어진 것이라고 합니다.

우리가 알고 있는 많은 종류의 개, 리트리버, 불독,

닥스훈트, 푸들 등이 모두 품종견입니다.

반면 진돗개는 견종 형성에 인간이 개입하지 않은

자연 견종에 가깝다고 합니다.

진도라는 지역의 환경적·지리적 고립에 의해

자연발생적으로 그 종이 형성되었고

1967년 '한국진도견보호육성법' 제정 이후

진돗개 순종을 만들기 위한 노력이 있었으나

다른 품종견들처럼 유전적 형질이 고정되어 있지 않습니다.

그래서인지 아직 진돗개는 야생성이 강하게 남아 있습니다.

자기 영역에 배설하지 않으려는 성향이 매우 강하고

(야생에서는 배설물로 흔적을 남기는 것이

매우 위험한 일이어서 야생성이 강한 견종들은

최대한 멀리 산책을 나가 배설한다고 합니다)

사냥개 본능도 남아 있습니다

(그래서 달마 보리도 쥐, 새, 뱀을 그렇게 잡았나봅니다).

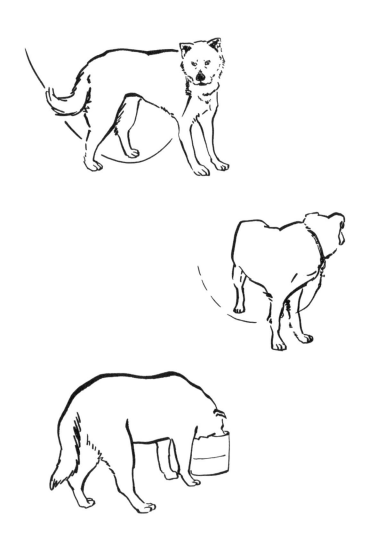

매우 독립적이고 충성심이 높다는 특징이 있어

주인이 바뀌는 걸 잘 인정하지 않아

오히려 안내견, 군견으로 활용할 수가 없다고 합니다.

이런 진돗개와 수많은 진도 믹스견들을

우리는 한국의 시골 여기저기에서

그냥 마당에 묶어두고 많이들 키웠습니다.

그러니 당연히 공격성은 더 커지고 사회성은 더 떨어지게 되었습니다.

심지어 일부 견주들은 주인에게만 친절하고

다른 사람과 개들에게는 호전적인

진돗개의 성격을 도리어 칭찬하며 부추긴 탓에

진돗개는 문제견이라는 인식도 생기게 되었습니다.

집 잘 지키는 진돗개는 잘 교육받지 못한

사나운 진돗개와 같은 말이었는데⋯⋯

연두 엄마는 그 말뜻을 그제야 알게 되었습니다.

유기견들 중 왜 그렇게 유독 진돗개와 진도 믹스견이 많은지,

그리고 그 버려진 진돗개들은 왜 그렇게 입양률이 낮은지

그 이유도 그제야 알게 되었습니다.

처음에는 연두 엄마네 가족 모두 달마, 보리가 커서

무서운 경비견이 되어주길 바랐지만

인절미처럼 사랑스러운 애기 달마와 애기 보리가

크는 모습을 지켜보며 가족들의 마음은 달라졌습니다.

그저 건강하고 다른 개들이랑 싸우지 않고

다른 사람들과도 잘 어울려 살아가는

착한 달마, 보리가 되어주길 바라는 마음이 어느새 커져버렸습니다.

그래서 달마와 보리는 두 달간 그 센터를 다니면서
간단한 예절 교육을 받았습니다.
물론 할아버지, 할머니는 비싼 돈 주고 두 달간 배워온 게
고작 '앉아, 일어나, 기다려' 세 개뿐이냐(기다려가 얼마나
어려운 건데, 할아버지…… 사람도 하기 힘든 게 기다려인데……),
개를 뭔 학교를 다 보내고 유난이냐 잔소리도 하셨지만,
훈련소에서 교육을 받은 건 달마, 보리만이 아니었습니다.
가족 모두 훈련소 소장님께 목줄 한 달마, 보리와 산책하는 방법,
간식으로 간단한 교육시키는 방법 등
많은 것들을 배울 수 있었습니다.

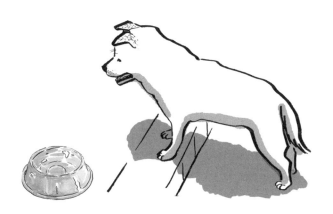

애기 달마, 애기 보리는 온 동네와 뒷산을

뛰어다니며 놀았지만

좀 더 크고 나서는 그럴 수가 없었습니다.

학교에서 배운 대로 하루에 한 번 목줄을 하고

가족들과 산책을 나갔습니다.

그런데 온 동네를 누비던 달마, 보리에게는

우리와 함께하는 산책이 성에 차지 않았나봅니다.

달마, 보리는 늘 틈을 노렸습니다.

가끔 식구들이 대문을 꼭 닫아놓지 않으면

어느새 문틈으로 뛰어나가 제 맘대로 돌아다녔습니다.

심지어 문이 꼭 닫힌 것처럼 보이는 문도 다리를 걸어

앞으로 당겨서 열고 나가기도 했습니다.

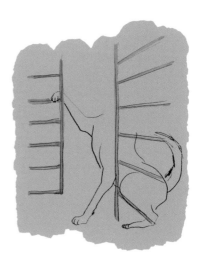

수영 아빠가 식구들에게 걱정 어린 잔소리를 했습니다.

"다들 문단속에 신경을 좀 쓰세요.
자꾸 달마가 나가서 돌아다니잖아요."

하지만 할아버지, 할머니는 오히려
달마 역성을 들어주었습니다.

"저도 얼마나 답답하면 그러겠니. 여긴 시골 동네라 괜찮아."

"달마는 사람 안 물어.
한 바퀴 뛰고 금방 들어오는데 뭘…… 걱정 마."

"그래도 모르는 일이잖아요.
지나가는 사람이 무서워할 수도 있고……
달마가 못 나가게 대문 단속을 좀 철저히 해야 돼요."

어느 날, 달마가 또 몰래 나갔습니다.
그런데 그날은 한참 동안 돌아오질 않았습니다.
동네를 돌아다니며 달마야, 달마야 아무리 불러도
흔적도 보이지 않았습니다.

"산속으로 깊이 갔나?"

"기다리면 오겠지, 달마가 집은 잘 찾아오잖아."

불안한 밤이 지나고 동이 텄는데도
달마는 오지 않았습니다.
온 식구가 달마를 걱정했습니다.

할머니 "올 때가 됐는데……."

할아버지 "개장수가 잡아간 건 아니겠지?"

연두 엄마 "이놈이 정말 어딜 가서 이렇게 안 오는 거야!"

연두 아빠 "저기 옆 동네 쪽으로 가서 한 번 더 찾아볼까요?"

수영 아빠 "그러니까 문단속을 좀 잘하시라니까……."

수영 엄마 "아무래도 멀리 간 것 같아요."

연두와 수영이도 달마를 매우 걱정스러워했습니다.

연두 "달마야, 빨리 와……."

수영 "달마가 왜 안 올까?"

하루 낮과 밤이 더 지나갔습니다.

다음 날에도 달마는 오지 않았습니다.

연두 엄마는 울면서 임순례 감독님께 전화를 했습니다.

"감독님 어떡해요. 달마가 집을 나가서 안 들어와요, 엉엉……."

"소리 씨 침착하시고…… 달마는 어릴 때부터 동네 돌아다니다가
집을 잘 찾아왔으니 며칠 뒤에라도 돌아올 수 있어요.
좀 더 기다려보시고 동네 곳곳에 사례금 드린다고 전단지 만들어서
한번 붙여봐요. 그걸 보고 연락이 올 수도 있으니까요."

연두 엄마는 즉시 잘 나온 달마 사진을 골라 프린트해서
동네 여기저기에 붙였습니다.
'개를 찾습니다. 이름 달마, 사례금 30만 원.'

할아버지는 혹시 개장수들이 달마를 잡아갔을 수도 있다고
말씀하시며 개장수들이 개를 사고파는
모란시장에 가본다고 하셨습니다.
연두 엄마는 물었습니다.

"아니, 왜 개를 다 모란시장에 가져가 팔아요?
거기가 뭐 하는 데예요?"

지금은 없어졌지만 예전 모란 가축 시장은
개를 사고파는 것뿐만 아니라
개 도살과 개고기 유통이 성행하던 곳이었습니다.
연두 엄마는 인터넷으로 그곳의 끔찍한 사진들을 보고
너무 놀라 연두 아빠를 붙잡고 한참을 울었습니다.

그곳에 달마가 있을 수도 있다 생각하니
눈물이 멈추질 않았습니다.

"사람들이 개를 먹지 않았으면 좋겠어요, 제발…… 엉엉……."

고백하자면 할머니, 할아버지, 연두 엄마, 연두 아빠는
예전에 개고기를 먹은 적이 있었습니다.
할머니는 한때 개고기 식당을 하는 지인과
가까이 지낸 적도 있었고,
할아버지는 젊은 시절 개고기를 드시다가
어떤 점쟁이에게 개고기를 먹으면 어머니한테
좋지 않은 일이 생길 수 있다는 요상한 점괘를 들은 이후로
드신 적이 없다고 했습니다.

연두 엄마는 어려서 워낙 몸이 약했던 탓에

개소주라 불리는 약을 여러 번 먹었고,

돈을 벌게 되면서는 고생하는 스태프들에게

특별히 보양식을 쏜다고

개고기 식당을 간 적도 있었습니다.

연두 아빠도 사회생활을 시작하고

선배들이 사주는 개고기를 먹은 적이 있다고 했습니다.

그러나 달마, 보리와 같이 살게 된 이후

가족들은 어느새 어느 누구도 개고기를 입에 대지 못했습니다.

우리에게 이제 개는 먹을 수 있는 음식이 아니었습니다.
개는 그저 가족이 되어 있었습니다.

연두 엄마와 연두 아빠는 눈물을 훔치며
다시 달마를 찾으러 나섰습니다.
차창문을 모두 내리고 달마 이름을 크게 부르며
동네 구석구석을 차로 돌아다녔습니다.

"달마야, 달마야!"

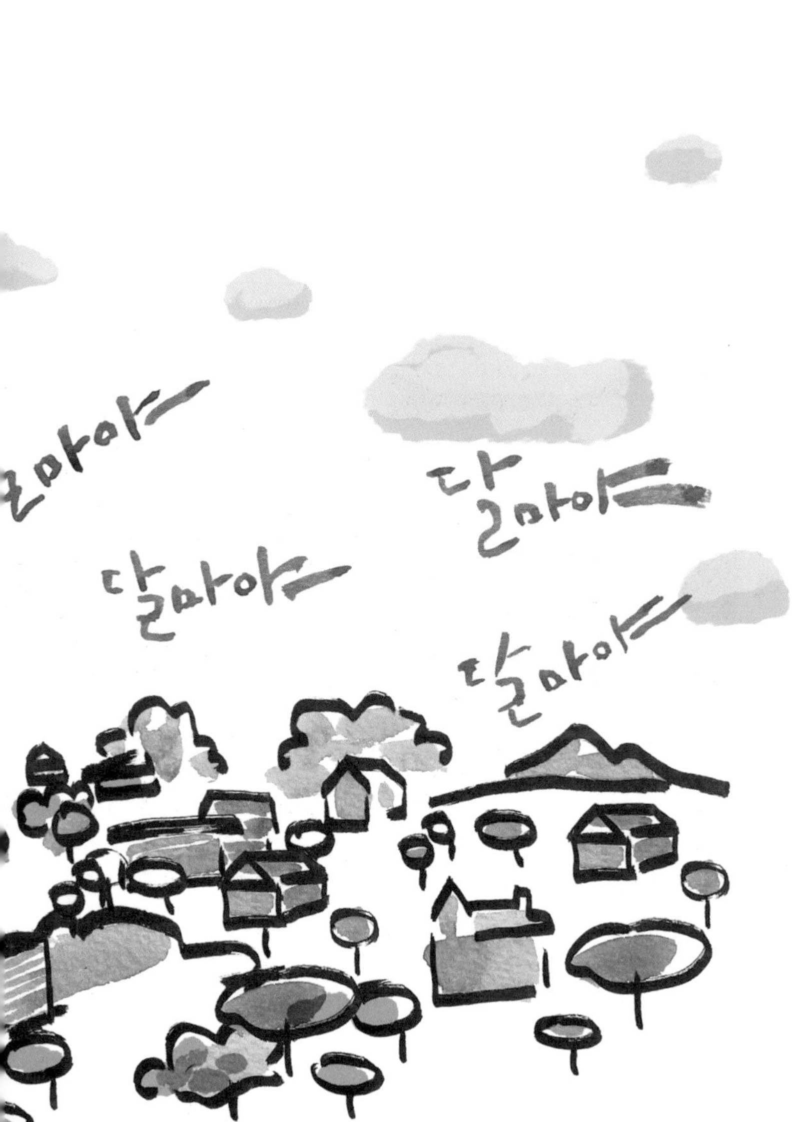
달마야—
달마야—
달마야—

그러다 혹시나 하고 동네에서 조금 벗어난,

산너머에 있는 통나무집까지 가보았습니다.

그 집은 넓은 마당에 개를 여러 마리 풀어서 키우는 집이었습니다.

"계세요? 혹시 하얀 진돗개 한 마리 못 보셨나요?"
마당에서 놀던 여러 마리 개들 중 한 마리가
꼬리를 흔들며 연두 엄마에게 달려왔습니다.

세상에…… 달마였습니다!

"달마야!"

"아, 요놈 이름이 달마였군요!
아이고…… 달마 요놈! 예전에도 몇 번 놀러 왔었는데,
이번에는 아예 제 집처럼 눌러앉아서
주는 밥 다 받아먹고, 가라 그래도 가지도 않고……
어떡해요, 우리 집 해피랑 밍키랑 다 임신한 것 같아요.
내가 못 살아."

통나무집 아주머니는 푸념을 하시면서도 환하게 웃었습니다.

연두 아빠는 달마 이마를 콩 때렸습니다.

"이 녀석!"

"감사합니다. 안녕히 계세요.
인사해, 달마! 안녕히 계세요!"

달마를 억지로 차에 태우고 그 집을 나서는데
통나무집 아주머니가 큰 소리로 인사해주었습니다.

"달마야, 잘 가라! 담에 또 놀러 와라!"

해피랑 밍키는 문 밖까지 쫓아와서 서럽게 짖어댔습니다.

"달마야 가지 마! 멍멍! 가지 마 달마야! 멍멍!"

그렇게 말하는 것 같았습니다.
집에 돌아온 달마는 이틀 동안이나 밥을 먹지 않았습니다.
차고 위 명당자리에 앉아 하염없이
해피랑 밍키가 있는 통나무집만 바라보았습니다.
친구들이 무척 그리웠나봅니다.
억지로 집으로 데리고 온 연두 엄마, 연두 아빠한테
조금 삐친 것 같기도 했습니다.

달마는 그 후에도 몇 번 집을 나갔다 돌아왔습니다.
산으로 들로 뛰어다니다가 진흙투성이가 되어
돌아온 적도 있습니다.
어느 날은 털에 핏자국이 있었습니다.
가족들은 그럴 때마다 걱정을 했습니다.

"달마야, 나가면 안 되는데…… 이놈아!"

"문단속을 한다고 하는데도…… 틈만 나면…… 에휴…….."

다시 달마가 탈출한 어느 날,

연두 엄마는 또 걱정이 되었습니다.

"이 녀석 언제 나갔어요? 찾으러 가봐야 하나?"

"산 밑에 그 집에 갔겠지. 자기도 친구도 좀 만나고 그래야지! 허허."

"수놈들은 돌아다니는 걸 좋아하니까, 걱정 마. 호호."

할아버지, 할머니는 걱정하는 엄마를 달래주었습니다.

그날 밤, 연두 엄마가 일을 마치고 돌아오니
문 앞에 무언가 시커먼 형체가 보였습니다.
가까이 다가가 살펴보니 달마가 웅크리고 있는 것이었습니다.

"야 이놈아! 어딜 갔다 이제 온 거야! 들어와, 얼른!"

그런데 달마는 대문 밖에 누운 채로 꼼짝을 못 했습니다.
일어서지도 못하고 쓰러져 있었습니다.

"아이고 달마야! 왜 이래……?"

"교통사고가 났나?"

"이 몸을 해가지고 여기까지 어떻게 왔니!"

연두 아빠가 운전을 하고 연두 엄마는 달마를 안고
시내에 있는 동물병원으로 갔습니다.
동물병원 수의사 선생님은 달마를
더 큰 동물병원으로 데리고 가라고 하셨습니다.

셋은 서울에 있는 큰 동물병원으로 갔습니다.

"앞다리 위쪽이 부러졌습니다.
굉장히 튼튼한 뼈인데 완전히 부러진 걸 보니
교통사고일 가능성이 큽니다.
일단 철심을 넣어서 수술을 해보긴 하겠는데
이렇게 큰 개들은 수술 후에 많이 움직여서
뼈가 잘 안 붙을 수도 있어요."

달마는 그 병원에서 수술을 하고 한참을 입원해 있었습니다.
그러나 결국 뼈가 붙지 않아서 더 큰 대학병원으로 가,
그곳에서 다시 수술을 했습니다.
대학병원 의사 선생님도 달마가 다친 지 좀 되어서
뼈가 붙을지 확신할 수 없다고 했습니다.

수술 후 한 달이 지나고 의사 선생님은
연두 엄마, 연두 아빠를 부르셨습니다.

"안타깝게도 달마 다리에 부러진 뼈가 붙지를 않습니다.
이제는 오른쪽 앞다리를 떼어내는 것이 가장 좋은 방법입니다.
다행히 뒷다리가 아니고 앞다리여서 달마는 다리를 떼어내고도
일상적인 생활은 가능할 겁니다."

연두 엄마는 많이 울었고, 달마는 결국 그날
오른쪽 앞다리를 떼어내는 수술을 했습니다.

수술을 하고 며칠이 지난 12월 24일, 크리스마스 이브.

할아버지와 할머니 그리고 연두 엄마는 달마를 만나러 갔습니다.

"우리 달마가 얼마나 아파할까.

우리 달마가 얼마나 힘들어할까."

"이제 다리 세 개로 어떻게 살아갈까, 우리 달마."

가족들은 눈물을 흘리며 입원실 문을 열고 들어갔습니다.

그런데…….

어?

달마는 무척 기분이 좋아 보였습니다.
심지어 머리에 사슴뿔 모양의 머리띠를 하고
빨간 망토를 두른 채 입원 중인 다른 강아지들
그리고 상냥한 간호사 누나들에게 둘러싸여
싱글벙글 크리스마스 파티를 즐기고 있었습니다.

"아이코…… 우리 달마!"

드디어 달마가 집에 왔습니다.

"달마야, 어서 와."

식구들 모두에게 연두 아빠가 의사 선생님 말씀을 전해주었습니다.

"의사 선생님이 당부하시길 달마를 다치기 전과
똑같이 대해주라고 하셨습니다.
다리가 하나 없어졌다고 우리가 달마를 불쌍해하면
달마가 그걸 느끼고 더 슬퍼한다고 하네요.
먼저 슬퍼하지 말고, 우리가 예전과 똑같은 눈으로
달마를 봐준다면 달마도 금방 씩씩하게 잘 이겨내고
조금은 불편해도 잘 생활할 수 있을 거라고 합니다."

달마는 뒤뚱뒤뚱 마당을 걸어 다녔습니다.

특히 계단을 힘들어했습니다.

예전처럼 한쪽 뒷다리를 들고 쉬를 하지 못해서

암놈처럼 엉거주춤 주저앉아 쉬를 했구요.

가족들은 의사 선생님 당부대로 달마를 볼 때마다

씩씩한 표정으로 웃어주려고 노력했지만 쉽지 않았습니다.

연두 엄마는 걸핏하면 눈물이 났습니다.

그래도 유치원에서 장애가 있는 아이들을 돌보고 가르치는

수영 엄마가 제일 씩씩하게 달마를 응원해주었습니다.

"그래, 달마. 잘하고 있어!"

그런데 달마가 뒤뚱거리는 모습을 지켜보던 보리가
갑자기 달마를 공격했습니다.
달마와 보리는 그때까지 한 번도 싸운 적이 없었습니다.
보리는 늘 달마를 자기보다 서열이 높은 오빠라고 여겼고,
그래서 한 번도 덤빈 적이 없었는데 달마의 다리가 세 개가 되고
약해진 모습을 보니 딴마음이 들었나봅니다.

할머니가 빗자루를 들고 보리를 쫓으며 아주 혼구멍을 냈습니다.

"이것아, 어디 오빠한테 덤벼. 오빠가 아프다고 네가 그러면 돼? 이놈!"

하지만 동물의 세계는 냉정했습니다.

달마는 보리를 피해 구석으로 달아났고, 이날부터 달마가

늘 앉아 있던 차고 위 명당자리는 보리가 차지하게 되었습니다.

그래도 시간이 흐르니 식구들도 달마도
조금씩 적응을 해나갔습니다.
가족들 모두 슬퍼하지 말자 다짐하고
최선을 다해 예전과 다름없이 달마를 대해주었습니다.

가끔은 화가 나기도 했습니다.
산책 중에 지나가는 사람들이 달마를 보며 매우 큰 목소리로

"저거 봐! 저 개! 다리 하나가 없어! 다리가 세 갠데?"

그러면서 손가락질할 때면 연두 엄마는 꾹 참고 달마를
어루만져주었습니다.

"우리 달마, 멋진 달마. 잘생겼다!"

하지만 속으로는

"여보세요! 개도 귀 있고 눈 있고 눈치 빠르고 다 알아들어요!
자기 얘기하는 거 다 안다구요, 얘도!"

그렇게 말하고 싶었습니다.

하나 있는 달마의 앞다리 위치도
왼쪽에서 몸의 가운데 쪽으로 저절로 약간 옮겨져
한결 균형잡기가 쉬워졌습니다.

달마는 예전만큼 빠르게 달리진 못했지만
그래도 세 다리로 제법 잘 뛰어다녔습니다.
잘 먹고 잘 놀고 응가도 쉬도 아무런 문제가 없었습니다.
심지어 가끔은 하나 있는 앞다리와 뒷다리 하나,
두 다리로만 균형을 잡고 한쪽 뒷다리를 들어
쉬를 하기도 했습니다.

아무렇지 않은 날들이 흘러가는 와중에도 달마랑 보리는
차고 위 명당자리를 차지하기 위해 몇 번인가 투닥거렸지만,
어느 날부터는 사이좋게 둘이 나란히 앉아
동네를 내려다보았습니다.
우리 집 사이좋은 오누이 수영이와 연두처럼
참 사이가 좋은 우리 집 달마와 보리.

시간이 흘러 달마와 보리가 열세 살이 된 무렵,

연두네 집은 갑자기 이사를 가게 되었습니다.

동네 일대가 개발이 될 예정이라 시에서

보상을 해줄 테니 이사를 가라고 통보를 해왔습니다.

연두네 가족은 여러 가지 여건상

다시 마당이 넓은 집으로 이사 가기가 힘든 상황이었고,

그래서 걱정이 앞섰습니다.

대형견 열세 살, 사람으로 치자면 아흔 살도 훨씬 넘은 나이인데

(달마, 보리가 아무리 건강하다지만)

평생 나무랑 풀도 많은 시골집 마당을 뛰어다니며 지내던

달마, 보리를 데리고 어디로 이사를 가야할지 고민이 깊어졌습니다.

달마와 보리가 새로운 환경에 얼마나 잘 적응할 수 있을지

가늠하기가 어려웠습니다.

가족들은 많은 의논을 한 결과 결국 근처 신도시의

큰 호수 바로 옆에 있는, 테라스가 무척 넓은 저층형 아파트로

이사를 가기로 했습니다.

4층짜리 아파트인데 4층은 복층형이고 옥상 같은

넓은 테라스를 단독으로 쓸 수가 있어서

달마와 보리도 충분히 생활이 가능하지 않을까 생각했습니다.

호수가 바로 옆이라 달마, 보리 산책하기도 좋아 보였습니다.

이사를 온 첫날, 달마와 보리는 동네 호숫가를 충분히 산책한 뒤

엘리베이터를 처음으로 타보고 풀이나 흙이 없는

옥상 테라스에서 잠을 잤습니다.

달마와 보리가 새집에 적응하라고 가족들은 더 많이

달마, 보리를 쓰다듬어주고 산책도 아침에 한 번, 저녁에 한 번

빼먹지 않고 시켜주었습니다.

산책을 다녀오면 연두는 하나 뿐인 달마의 앞다리를

자주 마사지해주었습니다.

연두의 마사지에 달마는 세상 시원하다는 표정으로 화답해주었구요.

달마와 보리는 신기할 만큼 빨리 아파트 생활에 잘 적응했습니다.
옥상 테라스에서는 쉬도 응가도 절대 하지 않고
하루에 두 번 산책할 때 멀리 나가 풀숲에서 꼭 배변을 했습니다.
아파트는 공동주택이라 달마 보리가 왕왕 짖고
시끄럽게 하면 어쩌나 걱정도 했었는데
달마, 보리는 옥상 테라스에서 전혀 짖지 않고
늘 조용히 호수를 내려다보며 지냈습니다.

유일하게 달마와 보리가 짖을 때는 한 마리를 놔두고
한 마리만 데리고 산책을 나갈 때입니다.
둘의 걷는 속도가 많이 달라서 한 사람이
둘을 한꺼번에 산책을 시키기가 쉽지 않습니다.

그래서 가끔 집에 누군가 혼자 있을 때면 보리를 먼저
산책시키고, 보리를 데려다놓고 또 달마를 데리고 나갑니다.
그러면 보리는 호숫가를 산책하는 달마를 보며
계속 크게 왕왕 짖어댑니다.

116

"왜 나는 안 데리고 가는 건데요!
쟤만 산책하는 건 샘나요!"

달마와 보리는 둘이 같이 있을 때면 거의 짖지 않습니다.

"시골에서 평생 산 할머니 할아버지들도
도시 아파트 생활에 갑자기 적응하시려면
시간도 걸리고 꽤나 어려워하신다던데
요놈들은 어쩜 이렇게 적응이 빠르냐……
참말로 신기하다! 신기해."

할머니, 할아버지는 그런 달마와 보리를
참 대견해했습니다.

임순례 감독님도 이사 간 연두네에 놀러 와서
달마, 보리를 살펴봐주셨습니다.

"개들이 원래 높은 곳에서 내려다보기를 좋아해요.

집 안에서 키우는 개들도 그래서 소파 위에 올라앉아

집 전체를 조망하기 좋아하구요.

달마, 보리가 예전 집에서 늘 차고 위에 앉아 있던 것도

동네가 다 내려다보이는 그 자리가 좋았기 때문일 거예요.

여기 옥상 테라스가 그래도 시야가 확 트여 있고

호수 전체가 내려다보이니 달마, 보리가

환경이 많이 바뀌긴 했어도 스트레스가 매우 적은 것 같아요.

잘 지내는 것 같네요, 요놈들!"

그러고는 달마, 보리를 많이 많이 쓰다듬어주셨습니다.

지금은 달마와 보리가 열다섯 살이 되었습니다.

사람으로 치면 백 살이 넘은 노인입니다.

보리는 귀가 조금 어두워진 것만 빼면
열다섯 살이라는 나이가 무색할 만큼
아직도 건강하고 활동적입니다.
하지만 달마는 훨씬 쇠약해진 모습입니다.
앞다리도 많이 휘었고 짧은 산책도 헥헥거리며
힘들어할 때가 많습니다.

산책을 나가면 보리는 늘 느린 달마를 챙깁니다.

앞장서서 총총총 가다가 문득 멈춰 서서 뒤돌아보고는

달마가 가까이 올 때까지 기다려줍니다.

그러다 달마가 조금 다가오면 다시 몇 걸음 걷다가

다시 또 멈춰 서서 달마를 기다립니다.

달마는 그런 보리를 보며 좀 더 기운을 내고
몇 걸음이라도 더 걸어보려 애쓰는 듯합니다.
그런 둘의 모습을 보고 있노라면 종종 마음 한구석이 뜨듯해집니다.
혹여 노을이라도 붉게 질 때면 더더욱 몽글몽글 뜨듯해진 마음에
눈가가 촉촉해지기도 합니다.

달마와 보리는 집 주변에 절대 쉬도 응가도 하지 않았습니다.
그런데 어느 날부터 달마가 쉬를 못 참고 자꾸 실수를 하기 시작했습니다.
자고 일어나면 그 자리에서 줄줄, 산책 나갈 때 집 안 계단에서도
엘리베이터 안에서도 줄줄 쉬를 하는 날이 많아졌습니다.

가족들은 달마에게 기저귀를 채워보기로 했습니다.
그런데 달마에게 맞는 기저귀를 찾기가 여간 어려운 게 아니었습니다.
제일 큰 수놈 강아지 기저귀를 채워봤지만 여차하면
오줌이 새기가 일쑤였고 달마 쉬 양이 많아 넘치기도 했습니다.

달마 기저귀를 연두 엄마가 출산 후에 썼던 복대로 고정해보기도 하고,

암컷용 기저귀도 사용해보았지만 다 맞지 않았습니다.

이런 저런 각종 기저귀를 시도해보다

마침내 달마에게 맞는 것을 찾았습니다.

요양원의 할머니, 할아버지들이 사용하는 대자 기저귀에

달마 꼬리를 뺄 수 있는 구멍을 뚫어서 사용하게 되었습니다.

아침저녁으로 달마에게 기저귀를 채우고 테라스에서

집 안 계단을 내려와 현관을 지나 엘리베이터를 타고 내려

근처 호수 공원으로 나갑니다.

조금 걷다가 풀숲이 나오면 기저귀를 풀어줍니다.

달마는 풀 위에서 조금 더 쉬를 하고 응가도 하고

그러다 조금 걷기도 하고……

하지만 대부분은 풀밭에 앉아 쉬다가 다시 집으로 돌아오곤 합니다.

그러던 달마가 점점 다리에 힘이 떨어지는지 잘 걷지를 못합니다.

집 안 계단 내려가기를 무척 힘들어해서 몇 번을 안아서 내려다주고

동네에서 중고 왜건을 구입해 거기에 달마를 태우고

산책을 나가기도 했습니다.

이제 달마는 응가도 잘 못 참고 옥상 테라스에
그냥 앉아서 싸버리곤 합니다.
할 수 없이 아침저녁으로 옥상 테라스에 앉아 있는 달마에게
기저귀를 채우고 기다렸다 풀어줍니다.
대부분 기저귀에 응가를 하지만 가끔은 그냥
자기 집 옆에 응가를 해놓기도 합니다.
밥도 이제는 서서 먹지 못하고 거의 엎드려서 먹고 있습니다.

더는 세 발로 하는 산책도 하지 못하게 된 달마를 보면
눈물이 날 때가 많지만,
우는 가족들의 모습을 보고 달마가 슬퍼할까봐
절대 달마 앞에서는 울지 않으려고 합니다.

할머니는 달마, 보리를 위해 겨울이면 북어대가리를 넣고 국을 끓입니다.
고구마도 찌고 당근도 찌고 감자도 찌고 늘 달마, 보리 간식을 챙깁니다.
할아버지는 달마, 보리 사료와 기저귀가 떨어지지 않게 사다둡니다.
또 할아버지는 달마, 보리와 하는 하루 두 번의 산책이
본인의 건강에도 무척 도움이 된다며 달마, 보리에게
고맙다는 말씀을 자주 하십니다.

연두 엄마는 점차 '동물권'에 관심을 가졌고,
이제 공장식 축산에 반대하며 채식을 지향하는 생활을 하고 있습니다.
아주 가끔 닭고기는 먹을 때가 있지만 붉은 고기는 전혀 먹지 않습니다.
인간과 동물 그리고 자연환경을 위해
플라스틱도 줄이고 고기 소비도 줄이고
여러 소비를 줄여보려는 '축소주의자(Reductarian)'가 되어가고 있습니다.

연두 아빠는 달마, 보리의 목욕을 책임지고 있습니다.
그리고 어딜 가든 동네 개들한테 무척 관심이 많습니다.
지금 있는 작업실 옆집에 묶여 지내는 복순이가 안쓰러워
자주 고기를 가져다준다고 합니다.

수영 엄마, 수영 아빠는 동물권행동 카라에서 구조한
'꼬마'가 낳은 강아지 중 한 마리를 입양했습니다.
이름은 수안, 수영이 동생 수안이입니다.
수영이와 연두는 동물을 무척 사랑하는 어린이입니다.
카라 더봄센터에 가서 개와 고양이들을 살펴보고
같이 놀아주기를 좋아하고 동네 길고양이들도 좋아하고
카라의 유기견 한 마리씩을 후원하고 있기도 합니다.
모두가 달마와 함께한 덕분입니다.

네 발로 온 동네를 뛰어다니던 달마.

세 발로도 당당히 산책하던 달마.

지금은 종일 누워 있지만 그래도
가족들을 보면 벌떡 일어나려 애쓰는 달마.

이 모두가 우리 가족 달마의 멋진 모습입니다.

달마는 우리에게 깨달음입니다.

『세 발로 하는 산책』인세의 일부는

사육곰 생츄어리 건립 후원에 사용됩니다.

곰 보금자리 프로젝트와 동물권행동 카라는

죽음의 위기에 처한 사육곰 중 열다섯 마리를 최근 구조했고,

이 생명들을 완전히 해방시키기 위한 계획을 수립했습니다.

생명을 살리는 것을 넘어 고유한 삶을 살도록 하기 위한 계획,

바로 '곰 생츄어리 건립'입니다.

아직도 좁은 뜬장, 철창 속에 갇혀 학대당하는

398마리의 사육곰들이 있습니다.

곰들의 이야기가 궁금하시다면

⊙ animal_kara에 방문해주세요.

PROJECT MOON BEAR × **KARA**